江南诗雨

郭吉成 洪方煜 著

图书在版编目（CIP）数据

江南诗雨 / 郭吉成，洪方煜著. — 北京：北京燕山出版社，2023.7
ISBN 978-7-5402-6954-8

Ⅰ. ①江… Ⅱ. ①郭… ②洪… Ⅲ. ①诗集—中国—当代 Ⅳ. ①I227

中国国家版本馆CIP数据核字（2023）第102627号

江南诗雨

著　　者　郭吉成　洪方煜
责任编辑　满　懿
出版发行　北京燕山出版社有限公司
社　　址　北京市西城区椿树街道琉璃厂西街20号
电　　话　010-65240430
邮　　编　100052
印　　刷　北京政采印刷服务有限公司
经　　销　新华书店
开　　本　170mm × 240mm　16 开
字　　数　266千字
印　　张　14.75
版　　次　2023年7月第1版
印　　次　2023年7月第1次印刷
定　　价　58.00元

目录

郭吉成诗选

洪方煜诗选

郭吉成诗选

岁月生活

岁月·时光

桃花，一树红雨
李花，一树缀霜
玉英瑶芳
怒发，绽放
铺就了
一季的春光
纷纷，扬扬
碎了一地的
流金岁月

时光在岁月中流淌
流淌着的液，流淌着的汁
催促了琼苞，成熟了浆果
等待着又一季的春光
又一季的流金岁月

白发

一根
一簇
一堆
于是
青丝染成了霜

生活之路弯弯曲曲
深深浅浅
一个脚窝琢成一个印章
一串脚窝刻成一段故事
一段故事便染成了一根银丝
青丝是成长的经历
银丝是生活的经验

岁月是一把梳子
梳理着时光的发丝
生活的酸甜苦辣
凝聚成了根根白发
青丝是年轻的荣耀
白发是老成的收获
一根根都雕刻着灵魂的故事

时间煮雨，我们同在路上
不用羡慕青丝
也不必抱怨白发
青丝白发都是
岁月的见证，生活的阅历

林语香溪[1]

林语香溪
依偎在龙山的怀里
犹如一个婴孩般的乖巧
诗一般的河流梅园溪
从中迤逦穿过
好似绿色绸带一条

晴有晴的风姿
阳光正香，似艳似丽
雨有雨的情趣
云雾缭绕，如仙如梦
林语与香溪组合成
诗一般的美妙

白鹭翔舞，鱼儿畅游
鸟鸣啾啾，虫声唧唧
好似一座自然的乐园
万物的天堂

---

① 林语香溪为作者所在小区，因小区背靠绿山，中间有梅园小溪穿过，故以“林语香溪”名之。

春的红，夏的绿
秋的黄，冬的白
四时不同景各异
人在景中游，景随人儿移
谁人不夸这里的好

田间[1]

多少年了
没有走过田间小路
今晚独自一人
便向阡陌田间
春天的田野小路
有别样的风情
田埂的泥香和独有的草香
还有空气中微微的甜味
蚕豆花、豌豆花
路边随性盛开的小野花
还有小溪里随水漂曳的长水草
没有盆景的精致优雅
也没有园林的刻意摆布
却有春的味道
野性的纯真
一切都是那么自然
一切都是儿时的记忆
一切又都是那么的正好

① 2021年3月23日于诸暨海亮念心湖宾馆旁田间。

生活叙事

生活是什么
也许谁也说不清

有人把生活活成了一条小溪
欢快地奔流伸延
有人把生活活成了大江大河
大气地欢腾向前
有的人把生活活成了沼泽
散乱得没有方向
有的人把生活活成了死水一潭
逼仄地在一隅蜷缩

生活本来就是这样
鲜花，坦途，阳光
荆棘，坎坷，阴霾
这全在心态
各人有各人的活法
油盐酱醋，锅碗瓢盆
生老病死，婚嫁迎娶
生活呀，本该就是这样

生活不用强求
也不必苛求
小溪江河，沼泽潭水
都有自己的形态
和各自的追求
自然地生活
就会生活得自然

生活就应该这样
自然就好

电视机

小时候有点好奇
这么个小盒子
里面怎么会装得下人
他们又是怎么进去的
这是一只怎样的神奇宝盒
一个个问题在拉长
拉长
把我们拉成了一个个的大人

时光中
这个盒子变成了一块大大的饼
不再是单纯的黑白而是带彩了
里面的事与物也从单调走向了丰富
一台电视机便是一个世界
咫尺容纳世间万物
方寸掀起天下波澜
喜怒哀乐情恨落寞
油盐酱醋歌舞盛事
华声光影寻常事
尽显其间

小小的电视机
一转一换一个世界
亦笑亦啼亦无奈
亦师亦友亦同伴
人生雨雪多精彩
天下风霜多繁复
由此知

保温杯

一只不起眼的杯子
几乎人人都有
每天与你相伴

没有华丽的外表
却有着一颗温暖的心
在你需要的时候
总会出现在你身边
用它的体贴去温暖你的身

它用有温度的唇与你相吻
不求回报
给予的却是温暖
用它炽热的心去滋润你的心

普通的保温杯
有着持久的温暖
一颗呵护你的心
总是冷暖有度
恰如那妈妈的呵护

菜园叙事

我的爱好就是种菜
闲暇之余走向菜园
翻地分垄，施肥浇水
锄草除虫，架竿引绳
忙碌不已
也其乐无穷

菜园的面积不大
但也丰富多样
一场风，一场雨
菜畦里泛出不同的彩
一场霜，一场雪
菜圃中呈出别样的色
春天
碧绿的菠菜
水灵灵的韭菜
鲜嫩无比的青菜薹
蜿蜒爬升的豌豆藤
夏天
顶花带刺的黄瓜
一串串的芸豆角

和紫色的茄子、翠绿的青椒
秋天
绿油油的大白菜
矮矮胖胖的苏州青
挤挤挨挨的蒿菜
还有煞是可爱的红萝卜
冬天
白雪覆盖下的红薹菜
肥肥胖胖的大白菜
一团团的生菜
一丛丛的芹菜

蔬菜们油嫩油嫩
显得娇艳妩媚，郁郁葱葱
引得小鸟时来啄食
啁啾婉转互相招呼
蝶往蜂来，蛙虫抑扬叫
蜂回路转，蟋蟀低声吟
温暖的阳光射在菜园里
菜叶上晶莹的露水闪着光亮
一棵棵，胖嘟嘟精神抖擞
一根根，圆溜溜力争头彩
一丛丛，嫩嫩绿绿勃勃向上
你有你的态度

我有我的姿态
自然而然惹人爱
又怎一个喜爱了得

去一趟菜园
拎一篮鲜蔬
自给自足
清香盘中飘
食之味甘
嗅之清香
沁人心脾也

有一种快乐叫种菜的快乐
有一种快乐叫收获的快乐

对镜偶感

有一面镜子
框在墙上
来往的行人
走过它面前都会停下脚步
照照脸面
正正衣冠
认认自己的模样

镜子从不厌烦
很真诚地接受着大家
它也很真实地让你看清自己
不粉饰权贵
也不丑化弱者
公正是它的天平
客观是它的态度
一丝不苟地照出
你我的人生
和世间的美丑

生活就是一面镜子
显现的是自己的经历
苦乐都折射在镜子的眼睛里
微笑皆融化在陌生和距离中

心绪

生活中有一种状态叫心绪
它伴随着你，左右着我
你因它而心静
也会因它而心闹
人生啊，喜怒哀乐都是它的果

暖春
在柔美的柳树林中穿梭
看花，看草，看蜂，看蝶
好心绪与我随行
夏夜
仰望繁星点点的天空
数着星星遐思
好心绪与我随行
金秋
田野上与稻穗一齐摇曳
喜看稻菽千重浪
好心绪与我随行
寒冬
在纯白的雪帘中漫步
张开手指雪花从指尖调皮地滑落
好心绪与我随行

心绪是一抹风
可以轻轻地扰动一下你的生活
心绪是一座山
可以重重地挤压你前行的步伐
心绪也是一池水
可以柔柔地骚动你的情
是风是山还是水
全凭你对生活的姿态

少一点牢骚
世界就会少一点灰色
多一分平和
生活就会多一分光鲜
生活美好，生命可贵
好好去爱
不辜负这美好的阳光

紫罗兰

花架上有着一盆紫罗兰
婀娜的枝干昂着头
规则地挺立着向上的叶片
叶片上长着细细的茸毛
这盆紫罗兰
清静孤寂中显得
多姿娇艳
无意中漾开一屋的春意

一身紫黑色
悠远而深沉的端庄
似那一种折叠的抑郁
与忧愁
神秘而成熟的稳重
如那紫色的灵魂[①]
让人揣度与敬重

紫罗兰没有绕指柔情

① “紫色的灵魂”借用艾青诗句。

却有脉脉素馨
紫色小花束和嫩黄的蕊
穿成一串随意的风铃
暗香随处飘荡
撩起点点温情浪漫
柔意的温暖浸染着你我

一盆紫罗兰
惹得
心醉于此
情醉于此……

一只在太阳下睡觉的野猫

小区的主干道旁
有一只野猫四仰八叉地躺在那里
雪白的肚皮
迎着正好的太阳
左边是正在喧嚣的工地
右边是不断来往的行人与车辆
它却惬意地睡着
还有偶尔的轻微呼噜声
小孩们惊讶它怎么睡得着
大人们羡慕它无忧无虑

我们都不懂它的心
其实这是它偶得的片刻宁静
野猫没有家猫那么悠闲
为了捍卫自己的地盘
它得时刻准备着迎战“入侵”者
为了活得更好
它得每天为自己的吃饱而忙碌
为了自己基因的遗传
它得四处求偶
都说猫有九条命

却不知猫也是命运的抗争者
此刻的猫正在阳光下酣睡
也许它在美美地品着鲜鱼
也许它找到了用于避风雨的窝
还也许它正在传送着自己的基因
但醒来后它仍要回归微生活的奔波中

猫有猫的世界
猫有猫的生活
猫是如此
我们也是同理

家乡

家乡是什么?

家乡是一本书
她用苍老而娟秀的文字
道路屋舍篱笆树木
还有那世代居住在这里的人
书写沧桑的变迁
记载岁月的亏盈
家乡这本书越读越丰厚

家乡是一首歌谣
房前屋后榆柳桃李
左邻右舍桑田菜圃
印记着家乡的婉约与豪放
村边小溪日夜唱着动人的谣曲
谱写歌谣的
是村中那棵高大水晶树下的一代代人
家乡这首歌谣越唱越甜美

家乡是一杯酒
一代代一辈辈在这里酿造
民舍幢幢古巷深深
庭院宽宽绿树苍苍
一缸缸甘醇的琼浆
经年酿造
家乡这杯酒越喝越醇厚

家乡是一首诗
那是我们常年居住的地方
祖祖辈辈用生命
抒发着对她的深爱
乡音里弥漫着记忆深处的芬芳
让四方的游子魂绕梦牵
家乡这首诗越吟越思念

阳光下的阅读

暮秋
一把躺椅
在阳光下阅读
正好

打开书本
和千年文化约个会
甲骨文、青铜器
象形文字、丝绸之路
篆隶楷行草
唐诗宋词元曲明清小说
走进书本
触摸纷繁的世界
古代战场的硝烟
现代社会的喧嚣
不同的时空在这里交集
蜂飞蝶转鸟啼
天高云淡水清
风光好舒心
鸡鸣狗吠炊烟飘
枫红杏黄柳丝柔
好一派农家欢乐

读书让我穿越了时空
走进书本
穿梭于仁山智水间
与先贤先知同行对话
光影斑驳里
感受远古明亮而深沉的回响
体悟静思明理尚德的凝重端庄
读书丰富了我的精神食粮

阳光下
闻着书的墨香
与文字对话
真好

人生

不经意间
已经历了无数个春夏秋冬
蓦然回首
青葱变白丝
皱纹已爬满额头
时间煮雨
一代人生

用脚步丈量着自己的路
社会和岁月的年轮
深浅不一地刻在自己的气度里
经历了彷徨
无奈和磨难
跌宕起伏的命运面前
我们
没有低头
没有气馁
没有沉寂
没有湮没
书写着平凡生活里一个个的明天
铺设着生命中一段段的底色

七八十年转瞬而逝
往事如烟
温馨如昨
承载着流逝岁月的锅碗瓢盆
记忆着人生经历的甜酸苦辣
就像凛冬里的梅花
一生为花的盛开
一世为果的丰硕
不计辛勤一砚寒
幽径花香不一般

抬头已是半生
归来仍是少年
当不再追逐终点
沿途就成了风景
生命的意义就在于珍惜生命的每一个当下
而不是那个遥远的宁静期待

一捧花

学生送我一捧花
马蹄莲向日葵
满天星迎春花
花品不多但却热烈
我知道
这几种花的寓意
学生祝福我
老马奋蹄不自歇
迎着太阳每天都快乐

美好祝愿
我认真地收下
学生以庄重的仪式送我花
我以庄重的双手接过了花
我还以庄重的仪式
放在了办公室最显眼的位置

不是矫情
更不是以此慰藉
我知道

我将告别我钟爱一生的事业
这是人生的必然
我知道
退休只是人生的一次重新开始
只要老马奋蹄
心中有个太阳
明天依然是春风依旧
满天灿烂星光

这捧花
放在办公桌案头
偶然抬眼
与她相遇的瞬间
明亮了自己
也明亮了我们彼此

我们那个时代的少年游戏

我们的少年
在二十世纪六十年代度过
岁月匆匆时光荏苒

几位小伙伴
有的蹲，有的趴
围成一圈
两三颗小玻璃弹子
弹来弹去
不亦乐乎开心玩

地上随意画上一方田地
约上三两人
按人形图的部位标示
走走、跳跳、奔奔
在“跳田”的游戏中
我们结下了小朋友青涩的友谊

一条铁皮弯成一个圆圈
铁钩钩住它的外侧
在平坦的操场、路面
被快速推动着的铁圈奔跳滚动

“滚铁圈”的活动
让我们开心地把身体炼

两拨小伙伴
一拨为“解放军”
一拨为“日军”或“伪军”
拿着自制的各种“武器”
像模像样的战场形态模拟
“打仗”的游戏
培养了我们的团队意识

一把细细的短木枝
散乱地撒在地上
纵横交错毫无规则
双方小心谨慎地挑动木枝
“挑木枝”的游戏
让我们学会了耐心和细心

一扇门板放在两条长凳上
一根长棍做界线
手拿自制的乒乓板
在土制的乒乓桌上
你推我拉你开我接
简陋的活动
让我们懂得了什么是规则

还有许多许多
打洋片、走军旗、捉迷藏……
我们的游戏很朴素
我们的玩具很简陋
没有变形金刚奥特曼
没有电子玩具百变魔方
需要什么玩具自己制
怎么玩法商量着定
我们的童年游戏很简单
但我们开心快乐无限

折叠好我们童年的岁月
收藏好童年开心的故事
深埋在心底
在慢慢变老的岁月中
悠悠地慢慢品味

我们这一代人的中年生活

我们这一代人
几乎与共和国一起成长
经历过三年自然灾害
十年动乱、改革开放
艰难的日子我们经历过
幸福的生活我们享受着
我们的中年时代
是一本言说不尽的书

我们这一代人有着满腔的热忱
春风吹遍大地
我们毫不犹豫投入改革开放中
农业体制改革
个体经济发展
工业技术革新
都有着我们的身影
时代的浪潮中
我们勇立潮头

我们这代人有着坚强的毅力
在困难和挫折面前总是昂扬向上
上电大补文化

摆地摊挣外快
出家门闯天下
不愿低头
因为心中有梦
忙忙碌碌满怀着希望
美好生活的路上，我们敢为人先

我们这代人对生活永远乐观
半生浮沉辗转过
有过磨难
有过彷徨
也曾有过失去
但从不悲观
世事看淡，大事聪明
恩怨不计，小事糊涂
静品岁月
只言精彩不言愁
我们懂得
人生豁达才是真自在

故事

故事一直存在
你有你的故事
我有我的故事
我们在故事中成长
在故事中老去

我们是普通凡人
我们的故事也极为的普通
柴米油盐是故事的主角
喜怒哀乐是故事的内容

将日子一天天地撕开
糅进生活一点点地过
将希望、无奈、苦恼编织进生活里
将挫折、失败、成功折叠在人生中
开心了，约上朋友喝点小酒
不顺时，独自承受流泪
欢喜时，出门去看看风景

家长里短

儿欢女乐

婚丧嫁娶

鸡毛蒜皮

说不完的故事天天发生着

你我都是故事的讲述者

故事编织了我们斑斓的生活

我们每个人都生活在每一天的故事里

时间

嘀嗒嘀嗒
秒针不紧不慢地转着圈
时间就这样慢慢地消逝
留下的是慢慢变老的那颗心

时间如梭留下了岁月的刻痕
曾经的年少无知不言愁
曾经的花下把酒问青春
曾经的踌躇满志勇争先
左手揉碎了时间
右手撑起了岁月
时间不语悄然流逝

时间赋予了我们生命的周长
丈量着我们行走脚步的长短
旅伴我们蜷缩着生命的空间
岁月偷走了生命时光
带走了我们的青春年狂
沉淀了我们的冷暖自知
时间是我们生活的参与者

嘀嗒嘀嗒

时间不停地往前走

纵使岁月流逝

我们却依然笑靥如初

把时间放慢

把岁月收藏

遇见

我喜欢在河边走走
我更欣喜在河边偶尔的遇见
有时遇见一只白鹭安然独立渚头
有时遇见鱼儿跃水的瞬间白光
有时遇见一对鸳鸯河中秀爱
有时遇见鱼竿钓翁悠然的眼神
有时遇见河边柳树随风婀娜起舞的倒影
运气好时
还可以遇见河中铺满的霞光
微风吹过
吹皱了满河的碎金影影绰绰
折叠了满河的风景朦朦胧胧
遇见四时景不同
每一次的遇见都是意外的吸引
每一次的遇见都是一种怦然心动的美丽
心醉的诗意

守望

山几亿年静静地站立在这里
树一代代地在这里默默相伴
山用它的土壤肥沃了树
树用它四季的新衣装点着山
山和树相望相守
山成了绿色的山
树成了高大的树

山几亿年静静地站立在这里
小溪从山的脚下轻轻地欢快流过
山用它的血液丰满了小溪
小溪用它的积蓄滋润了山
山和小溪相望相守
山成了生动的山
水成了精灵的水

山几亿年静静地站立在这里
明月亘古经年地从这里走过
山用它的缤纷精彩了明月
明月用它的光明亮了山
山和明月相望相守

山成了诗意的山
明月成了多情的月

守望是一种彼此的承诺
是彼此生命的相托相依
把你的生命放在这里
相守相望
美丽了我也幸福了你

寒冬里的最美风景

——为冬至日校园内两位捧书的女孩而作

2022年的冬至日
校园按下了暂停键
一片寂静

寒冬里有丝丝寒风
但天空晴好蔚蓝暖阳
操场上两位女孩
心无旁骛地守住暖阳
静静地捧着书
或许在阅读，或许在背诵
还或许在默想
这是2022年冬至日
校园里最美的一道风景
她俩明亮了自己的心
也明亮了校园的景
更明亮了未来的时光

也许她俩明白
冬至日过

明亮的时光
会一天渐长一天
艰难的岁月终将过去
心若从容无所畏惧
静心才是心中最美的风景
也许她俩都懂
冬是春的一年沉淀
冬天到了春也就不远了
更好地沉淀过往
才能更好地迎接春的新光

快乐叙事

像大海般蔚蓝色的天
几丝白云在游动
暖阳正慢慢往上爬动
小鸟时来歌唱
我在小院里打理着花枝草木
枣树、桃树、石榴树
剪去残枝修正新枝
花草、藤蔓、矮灌木
施肥培土去败叶
哦，还有池子里的锦鲤
也需要给喂喂食换换水

打理好前园去后园
一块菜地并不大
萝卜、茼蒿、红紫薹
青菜、菠菜、莜麦菜
家常蔬菜俱齐全
看看菜的长势
再拔拔草捉捉虫

一天的快乐就这样开始
一天的美好就这样享受
我还是昨天的我
生活却是今天的生活
是简单还是复杂，是快乐还是苦恼
全在于每个人自己的心态
每天面向朝阳
每天做好自己喜欢做的事
自然就是快乐
平静就是幸福

书柜

没有玫瑰的艳丽色彩
也没有尊贵的称谓
只有一个朴实的名字
——书柜

一个不大的空间
里面装着的却是高贵的灵魂
无论是站立着的
侧身斜靠着的
还是平躺着的
都是一种灵魂的姿态
——文字的灵魂
思想的灵魂

每一本书都是思想的结晶
每一位作者都是生活的思考者
书柜里有风云
书柜里有世界
蕴含着学问的智慧锦囊
铺展着知识的金沙银浪
汹涌着史实的滔滔海洋
矗立着思想的巍巍大山

一架书柜

一个广阔缤纷的世界

一片寻秘探幽的丛林

儿时的年味

儿时的年味是一篇隽永的散文
浓浓的年味里
埋藏着许多童年开心的故事

儿时的过年大人欢小孩乐
满世界都洋溢着浓浓的年味
年味的记忆刻在生命里

年前的忙碌为年味做了铺垫
掸土尘送灶神蒸年糕炒年货
置办年货热热闹闹欢欢喜喜

拜神祭祖祈福禳灾贴春联
爸发压岁钱妈捧出新纳的鞋
鞭炮声中除旧布新换桃符

大年初一吃汤圆送祝福
小孩们结伴串门去拜年
爷爷奶奶叔叔伯伯恭喜发财
稚嫩的童音声声甜

初五接财神初六万民齐送穷
雄狮腾跃翻滚龙船舞进千家

正月十五吃元宵猜灯谜划旱船喜气洋洋
儿时过年的情景真是让人留恋
父爱母爱浓兄弟姐妹亲情深
亲朋好友共话岁月把酒推盏

儿时的年味啊
是爸爸那双长满茧的手带来的舌尖上的美食
是母亲灯下熬着夜一针一线辛苦纳的新鞋
是祖辈们从皱巴巴的衣袋里
掏出舍不得自己吃的一颗糖果
儿时的年味啊，是醇厚的老白干
你品味了吗？

儿时的年味啊
是老辈人赐予的吉祥如意
是父母陈年的女儿红与祝福的眼神
是三百六十五个欲言又止的牵挂
儿时的年味啊，是万年的沉香木
你珍藏了吗？

环卫工人

一套橘黄色的反光衣服
——普通朴素
一把用竹丝编织的扫帚
——笨拙简单
这是你们全套的武装和工具
万户千家梦乡时
你们便开启了城市的一天
风霜雨雪陪伴着你们
酷暑寒冬煎熬着你们
用汗水与辛劳
用责任与梦想
挥舞着手中笨拙的扫帚
一扫帚一扫帚地细心划拉
给城市一个整洁的容貌
给街道一套干净的衣着

熙熙攘攘的人海中
你们的存在不会引人注目
在盛大的场合与宴会上
你们的身影很少出现
城市的存在却不能少了你们
每天给城市以美丽的妆容

从不放过一处角落
从不落下一丝灰尘
地上一丝丝的帚纹
是你们最美的杰作
车上满载的废物垃圾
是你们得意的战利品
一扫帚一扫帚地缓步前行
身后留下一路的美好洁净
与笑语欢声

蓝天白云记得你们
大街小巷惦念着你们
绿水青山不会忘记你们
清晨，第一缕晨曦与你们相约
夜晚，一盏盏路灯与你们相伴
迎来日出送走日落
默默无闻地
领着收获的喜悦
领着灿烂的笑容
还有一个城市的感谢

榆树盆景即感

像一艘古老的小舟
又像一块史前的化石
在花坛的一隅
一棵老榆树的盆景

紫色的花盆腰形古朴
榆树像一位仙风道骨的老人
坚强地站在那里
努力地寻找光明的方向
一个个树瘤有大有小
诉说着饱受的沧桑
黝黑青亮的肤色
昭示着经久不凡的岁月
几条裂口的缝，还有几个穿孔
似在告知曾经不屈的故事
苍老的枝干上挺着的几只芽苞
预示着又一个春天的来临

生活就如这老榆树的盆景
交汇着时空的故事
闪耀着向生的星光

即使天地逼仄，岁月沧桑
只要心中有个春天
一点绿也是满眼的春风
一丝光也是生长的信念

雨中垂钓者

一条小河轻轻地淌过
空蒙的细雨丝丝地飘着
一位垂钓者闯入了雨中

一柄雨伞撑着头顶的天
细雨从伞上滑过，与他擦了一下肩
一杆鱼竿伸向溪水中
钓线连接了他与河的中央的距离
神情自若地凝视着水面
坐在岸边的他似一尊雕塑
只是一缕香烟的游丝出卖了他灵魂的存在

白漂红漂在河中悠悠荡荡
钓者用坚定的眼神与它交流
几只野鸭突然划过
打破了鱼群的平静
却乱不了垂钓者的心

钓竿起起落落
鱼儿聚聚散散
也许空手而返

也许满载而归

只要心中有鱼

便是钓者最好的情致

心若止水，悠闲自在

垂钓于细雨碧水之间

神游于天地时空之际

细雨中融进了最美的人生风景

一日三餐

以食为天
千百年的生活信条
食之有味
普通人的生活希望
一日三餐平凡的生活平凡过

几碟小菜
一杯老酒
你来我往推杯换盏箸咸淡
裹着岁月的光阴从笑谈中滑过

蓝边大碗
碎花白瓷
父母爱儿女情共话天地说春秋
挟着生活的憧憬谋划着未来的希望

粗茶淡饭
油盐酱醋
生活的酸甜苦辣似风云飘过
逐着简单的生活追求着我们的追求

一日三餐
复杂的生活简单地过
简单的生活庄严地活
在过往和未来的交汇中
看看云
听听风
心中便有了一个和煦的春

午休

十二点正午
背靠露台上的摇椅
午休，惬意

蓝天清澈，空澄
玻璃的上空闯进了几朵白云
悠悠地游荡，向四周洇开
扩张着它的体积

白云裂开了一点缝隙
几缕阳光溜了出来
有点顽皮，躲躲闪闪
阳光白云游戏着梦

云化作了风，轻轻抚着睫毛
醒也蒙眬，睡也蒙眬
似醒半睡，睡意随着白云散去
乱了午休也乱了梦

傍晚我站在露台

秋天，太阳将与山拥抱时
我来到了露台
看晚霞

我盯着西边，山的方向
落日缓缓地朝预定的目标滑落
忽然山岗火一样地明亮了起来
半边的天渐渐红润了
霞光一半散在天上
一半落在河里

几只白鹭从眼前优雅地飞过
灵动了河中的霞光
夕阳，晚霞，白鹭，倒影
在山的这边有了一道温暖的剪影

我的父亲[1]

我的父亲是一位农民
斗大的字识不了几个
生活中人们都叫他的奶名
没去过百里之外的地方
不知道什么叫旅游
也不知道什么是现代化
走进人群便淹没在了人群中
就像一颗小星星融入了银河

父亲用他变了形的脊椎诠释着一生的辛劳
用那长满老茧的双手撑起了一个家
用厚道坚韧的品质赢得了众人的尊敬

父亲是个农民
勤俭、勤劳、勤奋是他的本质
踏着晨露担担去
迎着星月荷锄归
父亲有一手精致的农活
扎的篱笆精密有致

① 写于2022年冬至日。

拢的地块平整深细
种的蔬菜全村没第二个人敢说自己第一
家里准备的烧火柴总是绰绰有余
父亲是个农民
不狭隘不偏见不苛求
包容地接纳他人的过错
热情地对待左邻右舍
“老实做人，老实做事，懂得记恩”
“吃亏就是便宜”
这是父亲的做人处事原则
也是留给我们的遗训与精神财富

父亲是个农民
他有他的追求，他有他的快乐
好好地生活，好好地活着
是父亲最大的愿望
年三十给孩子们一份压岁钱
是父亲最大的欣慰
家人围桌而食，谈笑风生
是父亲最大的开心
孩子的期末奖状
是父亲最大的满足
年初一能穿上新衣新鞋
是父亲最大的期盼
而父亲自己

每天只要一管旱烟
每晚只要二两白酒
便可解乏，心满意足
我的父亲
普通但不卑微屈尊
平凡但不认命认㞞

父亲离开我们已有一万三千余日
今日冬至倍念父亲
特以不像诗的诗与纸钱
敬献给我的父亲
寄托我的哀思

世间万物

初春的柳

初春
晨步
路边有棵柳
每天都数着我的脚步

蓦然间发现
柳枝上的片片鹅黄
在微风中跳动
是柳枝在春天里的欢快

柳树的舞姿划过唐诗宋词
深深地留下了一个春的注释
春天里
柳树的婆娑
是一道最美的风景

桃花

春天的哨音刚吹响
桃树便有了几枚灰白的苞
慵懒地卧在桃枝上
一夜春风
催醒了桃苞的朦胧
一树桃花诗意张扬

桃花并不寂寞
它从《诗经》走来
千年诗路有了它的艳
桃花并不孤身奔赴
李花梨花兄弟般地相伴
喧闹了一个春天

小院之春

小院不大，却盛满了
一个春
院角边
有两三点黄
在冬的枯中
茸茸的，软软的
那是春的信使
迎春花总是抢先带给大地欣喜

窸窸窣窣
微睁着醺眼
探头探脑
那是向早春报到的蔷薇

几条不知愁滋味的锦鲤
藏了一季的冬
微噘着嘴
寻觅着初春的馈赠
扰动了一池的涟漪

槐榆，雀梅，紫藤，山茶花
银杏，黄荆，青松，映山红
小院不大
却驻满了一年的春
嗅着了香
闻着了甜

小池

院子里的小池
不大，只有
几个平方米
小池却也很大，因为
她装着一个奇妙的世界
白天，风雪雨晴的风骚
是她的灿烂
黑夜，明月星辰的变幻
是她的深沉

小池不大，但小池
却是四季的窗口
春花，是她缤纷的闹
夏树，是她茂盛的荫
秋果，是她金黄的傲
冬雪，是她宁静的藏

小池不大，但
她很真实，也很真诚

春风·春雨

她翩然而来
暖暖的，柔柔的
飘拂丝丝
梳理着冬的残败
整装着春的萌发

她款然而来
滑滑的，轻轻的
播撒点滴
滋润着大地的种子
孕育着一年的希望

她和她在一个
叫作春的季节里相会
于是，这世界
便有了绿色的生命
便有了艳丽的花儿
也便有了一年的期盼

春天里的风是柔的
春天里的雨是甜的

春分·春光

春光
是春天的景
春风，春雨，春天的阳光
春树，春草，春天的花儿
更有春天里的人
熏染的风
丝丝的雨，还有
润润的空气
都是温柔得正好！

春风吹醉了柳树婆娑
春雨撩拨着草尖上的水珠
春光迷乱着海棠的影，与
蜂蝶的舞
大地是温暖的床
蓝天诗一般的模样
春的味道
正当时！

绽放的春光里
是一颗颗灿烂的心，

艳丽的春光
酿出浪漫的心
织出期待的故事
留着春光，便留着了
生活的故事

2022年的第一场雪

猝不及防
她来了
2022年的第一场雪
如此匆匆
是天仙狂醉
乱把白云揉碎?

这迟到的雪
洒洒脱脱地舞着
与大地亲密地拥抱
许多，许多……
雪们以不同的方式向大地
呈现着她们的热情

雪，自然的精灵
下的时候，我多半心动
心动着汹涌的岁月念想
停的时候，多半是期盼
期盼着蕴蓄的生命
因为，雪说：
我愿化作生命之源
待到来年的春暖花开

雪在纷纷扬扬地飘着
认认真真地下着
一片，两片，三四片
白了树梢，安静了大地
清净了我们的心

他朝若是同淋雪
此生也算共白头

后院有棵树

后院有棵树
人们叫它鹅掌楸

春天，枝丫上冒出了一粒粒米芽
米芽迸发出蓄积了一冬的力量
在和煦的春风中
树便鲜活了自己的生命与青春

夏天，阔大树叶铺展的枝干上
点缀着些许美丽的黄花
经受住烈风、暴雨、酷暑的考验
树便壮大了自己的力量与信念

秋天，枝头上不经意间有了一颗颗的果实
金黄的树叶间鸟儿们时来光顾穿梭
树和鸟儿有着美好的约定
树便有了自己的奉献与传承

冬天，脱去了盛装似乎有些寂寞
在孤独与萧瑟中
增添了一轮岁月的痕迹
树便有了自己的蓄积

冬去春来，这棵树便又有了新的勃发
夏盛秋收，这棵树便又添了新的岁月
一年一年挺实高大

树有树的经历
树有树的故事

晚秋的银杏叶

暮秋，
有一种明媚叫银杏叶
一树金黄
铺洒着一缕阳光
世界便有了一片宁静与安详

银杏叶轻轻晃动
秋的晚风中
几片落下
金灿灿
疑似几蝶飞舞
走在铺满银杏叶的路上
有了童年的青葱回忆
一片银杏叶
一段美好的记忆
似那童年的风铃
在风中沙沙作响
唱响童年的美丽歌谣

每一片银杏叶
都刻满了丰富的经纬
静静地听
听出了岁月的故事
故事里有着你我的
过去，今天，未来

雪花

一片，一片，又一片
瑶台吹落数千点
纷纷扬扬，热热闹闹
轻轻柔柔
散落在万物的肩头
融化在大地的怀抱

精灵般的雪花
在空中流转，追逐
来时纤尘不染
落时点尘不惊
如柳絮一般，如芦花一般
又如青烟一般的雪啊
随风飞来看不厌
“片片吹落春风香。”①

又小，又薄，又轻的雪花啊
没有春天鸟语花香的迷人
没有夏天电闪雷鸣的壮观

① 李白诗句。

没有秋天丰硕果实的诱人
却有冬天特有的乐曲礼赞
——静之美，白之洁，纯之淡
片片雪花啊
一片飞来一片情
都是投向大地的爱
都是回报大自然的深情

春韵

掀起了盖头
带着一冬的蓄积
她来了

大地是她的曲谱
万物是她的歌词
生灵是她的音喉
广袤的空间则是她的舞台
律动，勃发，生长
春韵和美，生动了自然
春韵柔绵，微醺了人间

夏闹

夏是一首交响曲
清晨，鸟儿
亮着婉转的歌喉
嘹亮的歌声从树梢飘来
“叽叽喳喳”
似乎在告知它那美好的心情
午间，蝉儿
努力地振动着羽片
“知了知了”
好像只有它才懂得这夏的热情
夜晚
蛙们似乎要比个高低
“呱呱呱呱”
此起彼伏，爆发了它一天的沉默

夏是力量的展示
万物生长竞自由
阳光以它的最热烈拥抱大地
树儿草儿们展腿伸胳膊
争相展示着自己的最强壮
雨燕时而高飞，时而俯冲

在烈风暴雨中高歌
就连那河水也不愿寂寞
时不时地来试一下身手
暴露一下不屈的脾气

夏，怎一个“闹”字了得

秋情

清如水明如镜的秋
大山换上了五彩的新装
小溪延伸着清瘦的身体
蓝天
白云悠闲，大雁成行飞
林间
红叶如蝶，野果遍地
田野
蟋蟀鸣唱，稻菽千重浪

秋有秋的故事
秋的故事在秋的风里
秋的故事在秋的浪漫里
在秋的色彩、秋的充实胸怀里
浪漫，是秋的资本
色彩，是秋的童话

冬语

春有花香蝶转的妖娆
夏有叶茂枝壮的力量
秋有瓜圆果实的炫耀
冬有什么？

冬有银装素裹的宁静
原驰蜡象的宏廓
冬有围炉煮茶话香茗的怡情
邀朋唤友小杯酌的别致
冬有收藏的满足
有含蓄的委婉

朴实庄重是冬的底色
洁净安详是冬的姿态
这是大自然的另一种情调

夕阳

天边豁开了一道模糊的口
衔着铜盘似的落日
一片晚霞
斜铺了半边天
印染了山岗
我凝视着它
它羞涩地向我惜别

露珠

草尖上一颗露珠
圆润，透亮，洁净
一夜的吸纳
聚集了大地的精气
太阳升起
它顺着叶片滑落
轰的一声
摔成了七瓣阳光
映出了一个多彩的世界

贝壳化石

一枚贝壳化石
不大，很小，坚硬
形状有点古怪
它是贝壳的石头
印记着生命的魂灵

它伴着鲜活的生命
从海底升起，从远古走来
固定在瞬间，定格在刹那
亿万年的挤压
仍然保留着原有的姿态，
将遥远的过去与眼下的今天
链接
与我们对话它的苦难与坚强

这是一枚化石
也是一则浓缩的生物史
上面刻写着
更迭的岁月，无常的世事

天边的一颗星

天边
挂着一颗星
黑夜里
我向她致意

星星朝我眨了眨眼
一片羽云
蒙眬了她的眼睛
我依然保持着对星星的致意

把根扎向盆底

办公室有一盆不起眼的绿萝
被遗忘在了墙角
没人给它整枝
没人给它浇水
当它被人们发现时
却依然是活力依旧

叶片向上片片挺立
茎枝或沿着墙角攀爬
去追逐窗口的那缕光
或顺着盆沿垂挂
向着地面匍匐前行
努力地靠近着地砖反射的光
不多的根须深深地扎进盆底
努力地吸吮着仅剩的那点水分

再见到它时
我换了一种眼光来看它
这个不起眼的小精灵
为了一束光
为了一点水

为了能活着
它付出了全力
我不由得惊叹
平凡的事物里也有撼人的惊雷

太阳花

出土时很小很小
小得让人担忧能不能活下去
在风雨的侵蚀下
在阳光的洗礼中
它慢慢地长大

红红的茎枝配着绿绿的细芽叶
枝枝直立
即使有几枝倒伏也昂着不屈的头
向着阳光
灿烂地生长
待到蓄够了力量怒放
回报阳光给予的一切

冬天的雨

冬天的雨丝丝地下着
带着些许的冷寒
打湿了我的脸
迷蒙了我的眼

这是江南的冬雨
淅淅沥沥地下着
湿漉漉的
消瘦了草木
委屈了那把折叠伞
也同样侵蚀着我的神经

一片黄叶在冬雨中飘舞
带着一生的能量
与缕缕雨丝相拥
给大地一个最后的吻

冬雨的美是凄美
细雨蒙蒙
渲染了雪的愁心
冬雨的美也是醉美

细雨霏霏
阵阵的絮语中
慰藉了风的孤独

冬雨有冬雨的情
漫天无心的丝丝细雨呀
为春的微醺与灿烂
锦绣着来年的山花烂漫

山上有棵孤独的树

山上有棵树
孤零零的
独自站立在山岗上

那棵树不大
却有了些年轮
皲裂的皮肤，层叠着岁月的沧桑
遒劲的枝干，向四周伸展铺开
无数个暑寒春秋
它都倔强地挺立着

独立在山岗上
却也不寂寞
它在春花夏雨中成长
在秋风冬雪中磨砺
轮回年年，它在高处
听遍了这世界的风声
阅尽了这四季的景致

山上那片雾

有一片雾
在山的半腰飘
淡淡的，薄如蝉翼
轻如山涧升腾的烟

这片雾有点神奇
好像在跟你我玩游戏
它不固定
说不出是什么形态
一会儿是一缕长带
慢悠悠地延伸向前
一忽儿变成了一团团丝絮
犹豫地徘徊着
忽聚忽散前呼后拥
飘着，流着，淌着
如梦，如画，如诗
似童话般变幻
太阳出来了
那片雾透明了起来
丰富了山的色彩

山雾有山雾的格局
该聚的时候聚，该散的时候散
聚时雍容大度，散时潇潇洒洒
缭绕缥缈的胸中
律动着聚散的欢快
闹腾着喧嚣的心灵
荡漾着静雅的瑞端

幽幽地飘来一阵清风
雾纱被卷起一角
渐渐融化，渐渐稀淡
擦干净了青黑的山
山气那么清爽

枫叶的秋红

那里有一片红枫林
秋天
枫叶艳红艳红的
红得通透，似绽放的玫瑰
顺着山坡，远远望去
染红了一片山坡
把秋的激情点燃
给了秋无限的遐想

风染红了枫叶
那姗姗曼舞的叶片
像一只只红蝴蝶，在空中翩翩起舞
将心弦炫耀
枫骄傲地说
谁说秋天没有蝴蝶
我不就是吗

枫叶映霜红，山川夕阳浓
晚霞下的枫叶染红了山峦
烂漫的红色闪动着夕阳的光芒
枫叶上的每一条脉络都有迷人的韵味

每一片落叶都是深情的回眸
柔情蜜意地含蓄一笑
似乎穿越万水千山
在苍茫的天宇间辗转
在我梦里斑斓成繁花朵朵
我知道
只要有枫叶的执着
会红到天际
红到燃烧的火焰

路灯

你总是很谦逊地
站在路边
不追求奢华
不贪功名利禄
也不畏风雨霜雪

每天
当晚霞散尽时
你分秒不差地毅然温柔地亮起
饮下黄昏后的黑暗
将回家人的路照亮
为迷路人指引
你温暖了回家人的心
安稳着行人的脚步
担当和责任是你永不变色的初心
当霞光初露时
你不动声色地悄然退去
谦虚地收敛自己的光芒
让阳光走向前台接受人们的赞美
你以华丽的付出完美地谢幕
实现了自我存在的价值

一弯秋月

一弯秋月悬在天际
弯弯的
如弓，如钩
明眸中满是柔柔的情

一弯秋月垂在遥远
静静的
如小船，如一苇
宁静中满是丝丝的念

一弯秋月落在山肩上
白白的
如一笺，如一灯
凝望时满是久久的忆

一弯秋月
如一篇长长的叙事诗
似一首绵绵的抒情歌谣
愁了多少离散的人
欢了多少相聚的人

白鹭

不知什么时候
河边有了一群白鹭
雪白的羽毛青灰色的脚
还有那长长尖尖的黄色喙
它们的到来
灵动了河面，也热闹了河的周围
几棵垂柳和矮松
成了它们的家
群聚在树顶上，树冠便缀上了一层白雪
散落在河岸边，草地就有了白色的花朵

河面
有一两只划过
一道鸿影
惊得鱼儿乱窜
水面漾起了一波细纹

浅水处
有一两只，伸长着脖子
优雅地蹚着碎步
把雪白的身影映在水面

高兴时便扭着脖子
用曼妙的舞姿
与自己的倒影问个好

烟雨中换了一种姿态
白鹭从远远的雨空快速地掠过
横飞在苍茫的云雨中
像一束灵性的火花
画出了一道优美的曲线
雨空中便掠翔出了一首灵韵的诗

风与树的四季对话

一棵树与风
在春天相遇
风温柔地抚摸着树干
树不解地问风说：
“风啊，你为什么要吹醒我的梦？”
风抚摸着树说：
“为你今天的抻腿伸胳膊，
为你明天的花枝招展！”
树笑了

这棵树和风在夏天相遇
风重重地拍打着树枝
树不高兴地问风说：
“风啊，你为什么总是这个时候来拍打我？”
风严厉地对树说：
“为你能长得坚强茁壮，
为你能早日成材成梁！”
树理解了

这棵树与风在秋天相遇
风无情地吹落树上的叶子
树无奈地问风说：
“风啊，你为什么要吹落我美丽的衣裳？”
风对树含蓄地说：
“落叶不是无情物，
化作泥土护养你！”
树明白了

这棵树与风在冬天相遇
风冷冷地抽打着树的皮肤
树凄厉地问风说：
“风啊，你为什么要冷酷地吹皱我的皮肤？”
风对树深情地说：
“为你能健康地生长
来年的灿烂满枝头！”
树懂了

这棵树和风就这样
相生相伴

行走印象

独松关、宣杭古道[1]行偶感

古道，关隘
连接着历史的过往
石板上印记的马蹄
是岁月脚步光芒的雕琢
鹅卵石闪着的冷光
是通衢大道上奔走灵魂的印记

曾经的驴马
曾经的贩夫
曾经的过客
曾经的车轮吱呀
曾经的刀光剑影
刻在八百多年的年轮里
历史与现实在这里交汇

①独松关位于浙江省安吉县境内；宣杭古道位于浙江安吉县至安徽省宣城市广德境内，为国家重点文物保护单位。

历史添了一块厚重的印记

现实多了一条来时的路

印象·梅溪老街[1]

一个被叫作梅溪的地方
一条老街担着一个古镇的南北
两面杂铺错落装点着老街的门面
没有高楼，没有大厦
似乎只有平凡
说不上繁华

历史曾在这里沉淀
仙人弄，粮站弄，陈家弄
逼窄交错条条
告诉你这里曾经富庶过
高桥，白石桥，青石桥
告诉你这里曾经是温柔的水乡
竹筏，渡口，船码头
告诉你这里曾经有过喧闹的热腾
吴均笔下的紫梅
“小上海”的美称
运河里来往穿梭的船舶

① 梅溪老街位于浙江省安吉县境内。

还有发电厂的高耸烟囱
告诉你这里曾经的繁荣

梅溪是一条老街
老街捡拾着朝花与记忆
老街捡拾着历史的曾经与过往
老街存入了历史的档案
老街带着新街走向新的征程
捡拾着新的历史

良渚古城遗址[1]行

钱塘江畔，古运河旁
有一个既古老又现代的地方
她被人们称作良渚

良渚是曾经的小洲
如一位披着神秘面纱的少女
怀抱着无价之宝
从远古走来
数千年的沉睡
藏着多少神奇与奥秘

我在这神秘的土地上缓行
双脚踏进了历史的长河
与先民们进行穿越时空的对话
史前的先民在这里耕作开拓
发达的稻作农业
精美的玉器
精制的陶术

① 良渚古城遗址位于浙江省杭州市余杭区，为世界文化遗产地。

优美的象形表意符号文字
让我们看到了古老民族文化天空的星光

踏在这一片神秘王国的土地上
穿越五千年的时空
古王国雄伟的宫殿布局
古城夯实的城墙建筑
外围壮观的水利系统
织出了先民们超人的智慧
行走中
慢慢品味着现实来路的神圣与艰辛

五千年古老的中国，五千年人类的文化
良渚是满天星斗中
闪耀着的文明火花一朵
这颗火花
站在文明的门槛上
迎来了文明的曙光
如一首优美的诗
似一幅清丽的画

今天，我们开启了五千年的时光大门
站在俯仰之间的时光大门前
穿越历史的一个个须臾瞬间

构成了一首雄伟的人类交响曲

曲音恒久弥漫

悠长

梓坊·山村

车轮延伸着山路
弯弯绕绕
一直往前
来到一个叫作梓坊的山村

梓坊在很深很深的深山里
名声很早就传出了深山
“梓坊茶叶石门炭
诸家边的姑娘不用看”
民谣流传了几百年
梓坊也名扬了数百年

梓坊在很深很深的深山里
远看她
犹如姑娘藏在深阁里
披着神秘的面纱
走近她
清秀，美丽，静谧
山边幽谷，小溪哗哗
如环带穿村衔山
青石小路纵横

勾连起错落的棋格
粉墙黛瓦高低
似棋盘中一枚枚落子
桃红、李白、梅紫
静静地点缀装饰
如诗如画
千年榆树以古来的礼仪
热情地俯身在村口迎候着山外来客

深闺中的梓坊
绿水青山，人俏景秀
哦！
静，是你的自然本性
美，是你的天生丽质
秀，是你的绰约风姿

寺院·钟声

寺院里的钟声
从远古飘来
清远，悠扬
一声声，传得很远很远
神韵清远

寺院里的钟声
从天边走来
宏旷，苍茫
一声声，敲得缓慢而深沉
意蕴参透

寺院收藏了钟声
钟声渲染了寺院
寺院呵护着钟声的禅意
钟声懂得寺院的心思
几多的凄苦
几多的苍凉
几多的烦忧
更有几多的期许

人生如寺院

参悟似钟声

邂逅寺院杳杳钟声

寻觅一块清净之地

安放好自己的灵魂

听听心灵钟声的戒条

超越世俗纷扰的宁静

澄思渺虑超脱自我

让清灵的钟声悠长弥远

矾山·矾矿[1]

矾山
在浙南的深山里
如深藏在深宅里的闺秀
矾山
生长着矾的故事
纵横交错的矿洞里
鸡笼山古老的传说
“清水珠”曾经的荣光
交错着亿万年矾的生命史
演绎着一代代
矾山人对矾的膜拜
从这里，矾
走向了深山外
走进了世界
一直
走到了现实

长长的、窄窄的碎石路

① 矾山为浙江省苍南县矾山镇。历史上以生产明矾盛名，有世界矾都之称。

留下了矾矿挑夫深深的脚印
狭狭的、细细的双轨
回响着咔啦咔啦的矿车原声
石路、双轨延伸着矿工的梦
梦丰饶了矾山
矾山创造了卓越的世界矾都

别有情致的福德湾
高耸泛红的炼矾炉
还有那浓在口里的“非遗”的肉燕
昭示着矾山曾经的繁荣
鹤顶山上高耸的风车
古镇上宁静雅致的现代民宿
“天蓝、水清、山绿”的美称
展示着如今矾山的风貌
过往，现实
都是矾都的呼唤，和
矾山人的梦想与追求

永嘉·丽水街[1]

一条蜿蜒的窄道
在雨廊的庇护下
向前延伸
不规则的蛮石
铺排在道上
闪着幽微的白光
滑过无数往来的侧影
似在告诉你
她曾经的繁华与喧闹

一条倒映着红灯笼的河
傍着蛮石的路
伴着吱呀的水车声
汇聚了纵横交错的沟渠
悠悠地流淌
揉碎了迷乱的灯影
似在昭示着
她那丰富的水利系统

① 丽水街在浙江省温州市永嘉县岩头镇。

及这里的人们的智慧

一座座石柱黑瓦的戏台
千年古树是她忠实的听众
古树下，戏台上
那不绝的瓯腔
延续回响了一代又一代
台上灿烂或荒唐的戏剧人生
谁说不曾是无常的人生戏剧

一堵堵石砌矮墙
矮墙下坐着的三两位
曝阳聊天的老人
一段段石板桥
桥上不时走过一只羊一头牛
似在告诉你
这里生活的悠闲与自然
民俗的纯真与朴实

九寨沟珍珠滩瀑布

是什么让我迷了双眼
是什么让我错乱了神经
我迷惑这是否在人间
因为这里的瀑布壮丽
因为这里的瀑布雄伟

莫非是李白笔下的九天银河?
阳光下
热情奔放的白瀑
似一帘永无断头的绢
从天女的织机上倒挂下来
山谷珠飞玉散落
深潭吐珠堆玉雪

如玉带随风飘动
千万朵水花
烟气飞腾
蒙蒙水雾似烟似幻
迷离了观瀑人的眼

瀑布又如一扇巨型的扇贝
阳光下五彩缤纷
点点水珠
像巨型扇贝里的粒粒珍珠
泻落河中
流动着一河洁白的珠

柔和的暖风里
熙和的阳光下
神奇的九寨沟珍珠滩瀑布
如一篇美丽传奇的童话故事

故乡的桥

我的故乡不是平原
但我的故乡却有着许多的桥
桥沟通了村与村
也连接了你和我的彼此

大村有座散济桥
窄窄的石板
平铺在几架石礅上
清冽的河水从桥孔下淌过
这是一座古桥
桥名“散济”有着一个美丽的故事
曾经的一位富人
为路过的穷人散发救济粮
这座桥曾是故乡善良的象征

梅溪有座吊桥
几根粗大的钢索斜拉着它的身体
横跨在宽阔的苕溪上
以雄视的姿态
俯视着日夜穿梭的大船小艖
还有长长的从山里一路奔波而来的竹排

它以坚强的韧力容纳着
来往的行色匆匆的各色人等
和吱呀的车轮
这座桥雄伟的身姿
曾是故乡的骄傲

马村有一座桥叫万棣桥[①]
高高的拱形倒影映在河面
藤蔓挂满桥体
碧水长草苔藓
桥碑上沧桑的文字
桥体上独轮车
和马蹄留下的深深的印痕
桥两头伸向远方的古驿道
浑然近似天成
印证着这是一座年代久远的古桥
风风雨雨一路走过
依旧惊艳地耸立于天水之间
这座古桥曾是故乡人智慧的代言

昆铜有座桥叫革新桥

① 万棣桥也被称作高桥，位于浙江省安吉县梅溪镇马村村。据说始建于明朝，重修于民国三十七年即1948年，为重点文物保护单位。

它是山里和山外的纽带
山里人走出了大山去看新的世界
山外的人通过它去看山里的风景
有了它
山里的人坐上了汽车去城里
有了它
山外的人吃上了深山里的山珍
这座桥的桥名烙着故乡时代的印记

桥是故乡空间的纽带
是故乡情感的纽带
有了小桥，故乡的路不再断
有了大桥，故乡路不再远
桥与路悠悠
似一首动人的故乡乐曲
它没有终点，只有未来

挑山夫

蜿蜒曲折的一条路
一直延伸
向着山顶高处
山势峻峭，壁立千仞
这路上
有那么些人影，慢慢地移动着脚步
他们就是华山挑夫

腰背支撑着背篓
屈身向前
把山踩在脚下
挺身横担越岭翻山
越过了多少艰辛
翻过了多少累与苦

稳健的脚步
走出了沧桑的人生
坚实的身板
担出了艰辛的生活
不屈的头颅总是看着前方
撑出了坚韧不屈的生存品格

挑山夫
一头担着货物
一头担着生活和梦
挑起了生活的希望
挑出了生命的大山

北极村

终于到了北极村
祖国的最北点就在这里

北极村是一个小村
金鸡之冠上的玉玺章印
神州北极的不夜城
浓郁的乡音
淳朴的民风
皑皑的白雪
一切是那么的美好宁静

风从这里吹过
纯白的雪扬起一阵细粉
轻扑在脸上
是北极村接待宾客的隆重礼节
成片的白桦林
起伏连绵的群山
村旁北极河的曲曲弯弯
河的对面有一位俄罗斯大叔静静地在冰钓
一组醉人的水墨冬景画
——白树、绿水、黑山、钓翁

矮矮的木篱笆
围着几舍农家小院
白雪覆盖着木刻楞式的小木屋
犹如童话般的城堡
炊烟在白雪中袅袅升起
缓缓飘向山边
化成飘移着的白绸带
半是透明半是遮掩
屋内春意正旺
围着火炉吃雪糕
还有冻瓜、冻梨、冻苹果
此番情景，唯有此地
怎不羡煞村外人

神奇最是夜晚
那天空中飘动着的一束光
五颜六色婀娜多姿
和洁白的世界
组成了一幅似梦似幻的画卷
引来无数游客倾倒
不知自己是在天上还是在人间

沿着蜿蜒的小路
踩着厚厚的积雪

我们一起去寻“北”
一块高大的石碑
一个鲜艳的红“北”字
北极村的标志
亮了这里的白色世界
青山、蓝天、白雪与之相融
大气如是，壮观如是
从此我可以傲骄地说
我“找到北了”

冰天雪地的北极村
暖意融融
令我梦里几回萦绕

长白山与长白山的雪

也许是缘
我曾四次与之亲近

长白山
正如它的名字
山长雪白

长白山的山
高之巍巍
耸入云霄的山巅昂着头颅
等待着人们的膜拜
说它长
那是它绵延不断的崇岭群山
座座相连
在雾凇和冰挂的一路陪伴下
讲述着一路的
成长故事
长白山巍峨绵延
裹着那千年不化的白雪
在阳光下闪着金色的光晕
静静地，静静地
注视着你我他

长白山的雪
像飞舞的柳絮
纷纷扬扬飘零满天
洒在山巅落在树尖
这雪啊
松松软软、苍苍茫茫
将山峦包得严严实实
就像新娘的婚纱纯净
这白呀
迷乱了你的眼，也迷乱了你的心
似乎世界仅存了这白

长白山的雪
撩人心弦
下得疯狂也下得潇洒
放肆地亲吻着山峦
白雪皑皑
铺满了山坡
山坡映亮了黑夜
月亮和星星
迷失在白雪纷飞的童话世界里

长白山的山因雪成了梦幻的世界
长白山的雪因山有了神奇的灵性

泰顺北涧廊桥

泰顺廊桥座座
镶嵌在绵延的群山间
世界便有了
古韵静谧之美的路

廊桥中最有名的是北涧桥
历经三百五十多年
雄伟的姿势横卧在北溪上
艳丽的桥身，古朴的灰瓦
蓝天与之相衬
精美的雕梁，气势的飞檐
青山与之相依
贯如长虹无与伦比
随便捕捉一处都是历史古韵

深山中一路而来的涓涓细流
在这里汇集成了碧水微漾
一苇轻舟停泊在水面
几只野鸭子
欢喜地在河面戏水追逐
桥旁古树沧桑摇曳

与古桥的静美掩映成趣
一幅天人合一的写意山水画卷
置身其间我也成了画中的人

桥的两端与古道相连
站在桥上
看着从远处而来
又延向远处的古道
仿佛看见星夜中的匆匆行色
仿佛听到古道商帮马队的嗒嗒声
三百多年来无数的商人马帮
在此避风躲雨问候作揖

北涧廊桥，泰顺一段历史的记忆
岁月从这里淌过
用祥和宁静的方式
连接了古代、今时与未来

高速公路

向四处伸展开去
又不断交织
出口、入口、枢纽
形成了一张巨大的经纬网格
像一条条神经
触动着八方的山与水
像一根根血管
连贯着四方的东西南北

隧道，高架桥
高山成坦途
江河架彩虹
像一条条银色的飘带缠绕着翠山
像一根根美丽的弧线贯通着江河
飘逸好似锦带盘碧野
柔软又如银龙舞云间

高速公路将时空压缩
亿万年深山走到了台前
古老的村落走向了世界

南来北往，东去西返
传输着社会发展的血液
见证着一个大时代的宏伟变迁
铺展了一条致富的康庄大道

江南的春雨

如烟如雾如带
山色空蒙，水色清蓝
一缕缕，一丝丝
江南的春雨，轻轻，滑滑，腻腻

一把油纸伞撑住了小巷的天
丝丝细雨滑润了伞的面
湿湿的风从伞下飘过
身后留下青石板的冷光

雨丝缓缓地在天空交织
轻轻地渗进泥土
胖了溪流，肥了小河
醒了小草，绿了柳树
江南的春雨锁住了冬天
也开放了一个春天

春雨在江南缓缓下着
标配了小桥流水，青墙黛瓦

洇墨了山水，也潮湿了雨中人的心
江南的春雨丝丝拂拂
柔和了江南
也含蓄了江南

江南的老屋

——游宁海黄坛古村

江南的老屋是江南的韵味
一座老屋沉淀了一段历史
江南的老屋简朴而宁静
悠久亲切，古老柔美

墙面上的黑灰色斑点
瓦楞上的簇簇杂草
天井里泛着青光的鹅卵石
刻记着岁月的伤痕
深重的大门藏着斑斓的岁月
光滑的狮头铜环回响着曾经的庄严
门楣上的福禄寿传递了老屋主人的心心愿愿
窗棂上几组琴棋诗画交织着耕读世家的经纬
一间间的东西厢房铭刻着家族盛衰的沧桑变迁

老屋早已被风雨腐蚀褪下了明丽的色彩
留下了曾经与它为伴的时间与风声雨声
留下了它经久岁月的累累瘢痕和青黑色的冷光
留下了青苔上印记着的逼窄而幽深的古巷
留下了让后人难以捉摸的前世今生的故事

老屋将它的历史锁进了沉重的岁月中
在颓败中抚摸着受伤的灵魂的记忆
记忆中渗进了老屋的笑靥和眼泪
老屋的记忆也经久地
渗进了江南的蒙蒙烟雨中

山地茶园

一垄垄的茶树和一条条的茶道
横在山的半腰
山上便有了绿浪一波波

山雾漫过茶山化作甘霖
轻轻地抚过茶树的每一根经纬
茶园以悠悠的绿醉散了雾的心

满山的茶树花娇羞欲滴垂挂在绿叶间
白色的花瓣黄色的花蕊
带着阳光星辉和朝雾晨露
溢香浸润了山，也甜了风

茶的优雅风姿勾动了无数喉舌
惹得多少雅士慕名追寻
茶园用最珍贵的精气
散作丝丝浓酽的甜香
润满品茗人的齿颊

张家界龟王化石

不知道在什么时候
它卧在了这里
孤独安静地守住这孤独的峭峰
向着大海的方向
灰黑色的躯壳裹着生命的信息
藏着说不尽的世相故事

也许是为了追寻那前世约定的千古爱情
也许是为了镇守后世的一方安宁
它在这里静静地坚守着
这千古的诺言
陪伴日月星辉的经久
阅尽天地苍黄

它从苦涩的海底走来
把自己化作冰冷的骸骨
在这里沉睡亿万年
昂首在高处，不畏风雪雷暴
向着它的故乡大海
缩结起万古不朽的山海情
用坚守与宁静的担当
述说着万物之灵生前或亡后的不朽故事

黄果树瀑布

涓涓细流从玉龙雪山一路奔袭
蜿蜒成一条汹涌绵延的白水河
在黄果树突然跌了一个大跟斗
凌空翻下七十米的悬崖
于是这块土地上便有了
气势磅礴的黄果树瀑布

如久藏大山的汉子
以野蛮粗犷的气势
打开与众人见面的雄壮方式
不断茁壮的水流
挽起了一条巨大的白练
如潮般奔泻、翻空飞流直下
声震撼山如虎吼狮啸
飞珠溅玉如蒙蒙银雨随风飘洒
用豪放的风格跃入婉约的深潭
将平静搅起翻滚的浪花如万马奔腾，然后
宁静而深情地去拥抱大江大河

好雄壮的黄果树瀑布
如一首豪放的词
壮观如是，雄壮如是
每一个奔腾翻滚的瞬间
每一声盖过人喧马嘶的呐喊
每一滴乱弹的飞珠溅玉
都撩拨着观瀑人的心

山中小溪

小溪的故乡在山的深处
斗折蛇行般地一路奔来
离开故乡是为了
追寻它的远方
它知道自己的来路
也明白自己的归宿

小溪从深山走来
一路呼朋唤友不断壮大
滴水汇成了细流
成就了大江大河
它用自己的方式挽起山和海

小溪的流水洁如明镜
犹如美女发亮的秀发铺在崎岖的山路上
静静地流淌
美妙的流水声和上婉转如银铃般的阵阵鸟啼
惹人心醉

小溪在山间行走
就像一根长长的拉链
将山缝合挽连
一路行走一路收揽风景
把自己融进
山高水长共一色

小溪任性地前行
虽然瘦削清癯，但它很坚强
它有它的行走姿态
无论悬崖危岩，都不能阻挡它的
一路歌声一路行

一个叫陈家塘的村

陈家塘，一个山里的自然村
四周是常年翠绿的青山，山不高也不低
一条县道从村旁通过
成了村庄与城里沟通的唯一通道
后溪和昆溪一窄一宽两条溪流
夹着村庄一路往前流淌
山围着水，水绕着村
绿水青山，一派好风水

村庄的中央是一大块很大的旱地
村民围着四周居住
日出东山头，日落西山边
雨看南面山，风从北山过
这是村里辈辈流传的俗语

村东有好大的果园
春天桃李竞放争香，夏天果实累累
喜鹊窝偎依在村南高大的歪脖子水晶树上
村民认这里为吉祥地，余暇之时都会来这里相聚
村北翠竹依依四季常青
春有春笋，夏有鞭笋，冬有冬笋

为村民提供四季的山间美味
村西一条古道贯穿村中
连接了县道，也连接了古代与现实
村民们悠闲自在地在这里生活
一代代地辛勤劳作，繁衍子孙

村里的村民善良朴实
东家有难西家帮
西家有喜东家忙
一声“吃了吗”“在我家吃”
简单的问候不分穷富尊卑
老吾老，幼吾幼，以及人之老与幼
孝悌之仪世代传

我生于斯，长于此，也许将来还要归根于此
少壮离家四十余载
白首返乡不识旧时燕
但
家乡的一草一木是抹不去的印象
一路一溪都有着我年少的痕迹
我深爱着这个村的一切
梦中萦绕几回回

我们一起去看四季

春天我们一起去看映山红
满山的红，火一样的焰
把山梳妆点亮
徜徉在花的海里
听花儿催醒山的声音
接收春的香，春的甜，春的勃发

夏天我们一起去看海
大海的平静，大海的汹涌
力在这里把世界平衡、膨胀
站在海边吹着海风
看潮起潮落，前浪后浪
思大海的前世今生沧海桑田
感受大自然的无穷奥妙

秋天我们一起去田野
天高气爽，遍地金黄
稻菽低垂千重浪
成熟的秋天，大地沸腾
辛劳的色彩绚丽灿烂
在收获的稻田边
分享农夫们辛劳后的喜悦

冬天我们一起去看雪
片片雪花似梨花缤纷落地
白茫茫银装素裹
大地平和安详
在雪的世界里
宁静地超然自己的心

我们一起去远方
一起去看四季的风景
安放好自己

路上

路，有多种
马路，公路，铁路
大路，小路，岔路
这是具象的路
过去的路，现时的路，未来的路
这是抽象的路
说法不同都有各自存在的意义
只要活着每天都在路上

我们走在路上
是我们选择了路，还是路选择了我们
这都不是问题
重要的是我们走在了路上
怎样把这条路走好

路通向远方
再远的路，有起点也有终点
我们站在路的中点
回望来路，不忘初心
展望未来的路，心中就有了明天的梦

注定我们是一位行者
路上行色匆匆
朝着既定的或不太明确的目标前行
一路风尘仆仆

路上或路旁会有许多双眼睛看着
或指点，或评判
我们坚定地行走在自己选定的路上
举起手来，摊开手掌
让一缕炫目的阳光漏过指缝
刻在自己的心里
刻在自己所走过的路上

寻访秋天意境

又是一个秋天
我忽然想寻访秋的意境

清风飘过，云疏日朗
知了用最后的聒噪向生命告别
蟋蟀用美妙的秋鸣弹唱田园的歌
松鼠忙忙碌碌收获着秋的收获
纺织娘挺着大肚伏在颓败的豆角藤上，打着盹

田野里忙碌着的人们
正在做着丰收的准备，满心的欢喜
路边黄色的野雏菊正在吐蕊怒放
似在宣告只有它在秋天独领风骚
小溪河流忙着苗条夏天给它的臃肿身体
如少妇减肥一般
黑黝黝的山也不甘落后
忙着为自己准备一身这个季节的华丽服装

秋把诗的意境糅合刻在山水间
秋把它的心思写在大地的田野上
秋把绚丽灿烂留在四季的画册里
用原色的纸和多彩的笔

村口有两座山

村口有两座山
一条进出村里的路将它们分开
一座在左边，一座在右边
两座不高的山
静静地相对站立在那里亿万个春秋

记忆中的这两座山
春夏秋冬，以不同的色彩呈现自己的风貌
春的红，夏的绿
秋的黄，冬的白
这里成了飞鸟的天堂
松鼠野兔的好去处
也成了村口的一道风景

有一年突然左边的那座山热闹了起来
人们先是用锋利的刀剥去了它葱绿的外衣
接着用锄头一锄一锄地把它翻了个遍
然后种上了各种不同的植物
一茬又一茬，这座山好像比原来矮了一些，苍老了许多
一年又一年，这座山裸露出了它的筋骨——一块块嶙峋的石块

偶尔才能看见几只飞鸟来转转
松鼠野兔再也不见踪影
此山已不再是以前的那座山
村口的风景也被折损了一半

右边的那座山依然青葱翠绿
依然一年四季景色不同
依然是鸟的天堂，野兔松鼠的好去处
为什么会是这样
两座山都懂得
飞鸟、野兔、松鼠也懂得
只有居住在这里的人不知道是因为什么

秋天的田野

秋天的气息最浓烈的是在田野
晨雾给田野蒙上了一层薄薄的神秘面纱
不敢移动脚步惊扰这安静唯美
蓝天阳光下田野的泥土与缤纷
芬芳着我的每一根神经
粮果的甜香溢满田野
秋天的田野长满了喜悦与欢欣

整理收获一年的战果
田间地头一片沸腾
蟋蟀歌唱红蜻蜓舞
野菊遍地秋水盈漾
田野用真实的奉献给秋以多情的绚烂

秋天的田野蕴藏着丰富的绝美
一草一木都是浪漫的灿烂
时光和秋天击了一下响亮的掌
它们一起承诺着亘古的约定，用彩笔
把田野的美丽心情描绘得淋漓尽致
秋的田野是期待着的希望
也是希望着的期待

十里老街[1]

一条长长的街从这头延伸到那头
很长很长，这里的人们自豪地称它为“十里长街”
这条街在这里有多古老
只有道上泛着白光的青石板知道

街道把天空挤成了一条缝
林立的店铺、古朴的斗式吊楼似礼仪般地站立
千百年来以热情的姿势迎送着八方来客
青石板上是人还是驴骡留下的一窝窝撴印
回响着古往今来那来去匆匆的脚步声
东狱庙、王羲之墨池还有复古的店铺
穿起了老街文化血脉相传的阵阵铃铛
蒸肉末、洋芋牛肉、咸菜炒猪肠家乡的至味
牵绊着遥隔千里的游子心
蜿蜒的河流相拥着老街
河水是那样的静谧，如同温柔而包容的母亲
小桥流水，杨柳袅娜
藏着老街江南水乡古韵的柔婉情致

① 十里老街也叫“十里长街”，位于浙江省台州市路桥区。

满街熟悉的乡音吆喝声、阿婆穿着的靛蓝色粗布对襟上衣
是这里的人们世代寻求归宿的寄托
十里长街古代与现代的完美融合韵味悠悠
俨然是一幅色彩浓郁的水墨画
喧嚣中的安宁与惬意，让人身心轻盈
也让异乡游子在这里追寻到曾经无忧无虑的自己

千年岁月不声不响
老街在岁月的指引下一路前行
十里长街，万户商铺
繁华依然在继续，故事依然在发生
老街以它冷峻而期待的眼光
指点与评判着每一位行者
熙熙攘攘皆为生活而行走
悲欢离合中的人们走出了十里长街的古朴与现实
走出了台州人印在血脉里的心灵故土

一座小城印象

小城不大也不小
从一条邮驿之路走来
历经千年的马蹄声声

千余米的主街傍着河转了几个弯
宛如游龙蜿蜒，又如大蟒平卧
晨雾缭绕炊烟袅袅安谧宁静

小城有着许多的小巷
小巷里古老的青石条如沧桑的老人
讲述着这里曾经邮驿飞骑的故事

小城市民中流淌的繁杂乡音
复印着南来北往旅人游子的脚步
印记着小城的繁衍成长

小楼屋檐下的燕窝
临河飘拂的柳丝
映衬出江南唐诗宋词般的韵律
几处门楣上的“耕读世家”“紫气东来”
蕴藏着小城曾有过的书香与富有

五颜六色的商铺招牌和店家的声声吆喝
匆忙而亲和的足音与时髦的穿戴服饰
标志着小城从未落后过时代的脚步

小城有坦诚朴素平和的赤裸裸
小城有繁华都市没有的故事
小城的故事每天都由小城的人用心地创作着

洪方煜诗选

江山胜景

国清道上

山着纱雾峰峰翠，
枫隐玉林点点红。
洗目清神凝望际，
千年古刹闻晨钟。

观临海古城夜景

千年宋韵千年梦，
一树星河一树灯。
霓袖欲飞天上去，
石桥倒钓水中虹。

湖畔寻芳

湖畔闲人寻胜景，
胸含万里脚跟轻。
春芳尽日觅难得，
梅在枝头笑语盈。

灵湖上初晴后雨

万里淡云扫碧空，
水光潋滟浮前城。
雨中纸伞七八柄，
湖畔黄鹂一两声。

大年初三所见

一轮旭日满江红，
山色清明倚碧空。
浩荡东风霾雾尽，
神州万里起蛟龙。

正月初二逢雨有感

去除烟火九州清，
雨润草青万物迎。
初一艳阳初二洗，
江山万里更澄明。

山行

溪畔山间缓缓行，
钟声响处宿蝉鸣。
山山枫叶染秋色，
片片白云添族情。

灵湖晚归

空山晚照彩霞飞，
白鹭双双引伴归。
金柳依依湖畔立，
红桥灼灼惹余晖。

观临城花海

东风渐起退寒锋，
花海连天惊鹿城[1]。
放眼三台佳绝地，
鳌头独占画图中。

① 鹿城为临海的一个别称。

游灵湖郁金香园有感

万花灼灼灼人眼，
园畔早梅寂寞开。
姹紫嫣红佳绝处，
灵湖胜景冠三台。

括苍山里行

半袖流岚锁碧山，
一湾翡翠石沙间。
鹭起鸢飞天际外，
括苍百里少人烟。

早春雨后初晴

一夜雨声滴后檐，
清晨新霁晓风残。
高树欣欣迎暖照，
白云默默守晴岚。
山涵薄雾雾消渐，
草蓄珍珠珠滚翻。
最是江南春色好，
万千绿意在枝间。

雨后初晴登高楼望临海古城有感

白云碎步漫青霄，
薄雾升腾渐隐消。
碧树清莹雨后亮，
红花灼灼叶中摇。
群山环拱长城阔，
秀水斜横楼宇高。
极目江南天际外，
神州大地尽妖娆。

春日灵湖园圃偶见

山石瀑泉仙气生，
芬芳最是郁金红。
枝头梅闹迎春艳，
回见林桥[1]落彩虹。

---

① 林桥指灵湖上的双林大桥，并排两桥，桥身呈红色，远望似彩虹。

晚行灵湖草坪新园圃

霜尽草轻绿无涯，
新园喜见郁金花。
东风习习鸟禽早，
高树引吭约友家。

游栖心谷

探径寻幽过石亭，
龙潭细瀑风中轻。
栖心谷上登台立，
回见众山云外平。

观灵湖三八郁金香节有感

旭阳拂醒郁金香，
金盏满斟琼液浆。
女客四方同齐聚，
春光遍地满庭芳。

仲春即景

东风细细柳丝长，
布谷声声油菜黄。
最是风流藏不住，
水边桃树照红妆。

苍生人话

读史有感

放眼人间多夜莺，
乌鸦反转唱清平。
文人风骨却何在？
遥见屈原泽畔行。

辞旧迎新有感

虎兕生威羊圈疯，
兔灵报晓启新程。
人间魔兽必收拾，
寰宇重清万木荣。

绝句

寅年除夕，
看了几个春晚节目，
昏昏欲睡，
遂转与朋友家人喝茶、打牌、聊天，
偶成一绝：
满目大红流转光，
浮华祝福矫情装。
螺蛳壳里道场小，
不及人间烟火长。

灵湖

飞云冉冉走天河，
万里晴空映碧波。
数亿耗资开胜景，
千秋功过任评说。

览中国航天成就有感

叩问北辰银汉上，
九天揽月访天宫。
初心不改神舟梦，
击破苍穹游太空。

除夕夜题赠边防战士

仗剑辞亲守四方，
乾坤阔大野茫茫。
如何摘得云间月，
且把他乡作故乡。

与首届学生相聚有感

青青杨柳冒新芽，
桃李已开一树花。
昔日辛劳俱忘却，
满堂欢聚趁年华。

初一所见有感

声声爆竹震天响，
交警满街疏堵忙。
景点人山人海里，
黎民万众盼安康。

梦后行湖畔有感

东风拂柳挽青丝，
喜见梅梢鹊踏枝。
细雨江南春梦好，
醒来湖畔偶吟诗。

笑傲江湖

读金庸武侠小说有感（一）

笑傲江湖侠客行，
天龙八部弟兄情。
神雕侠侣少年梦，
白马西风天地清。

读金庸武侠小说有感（二）

开宗立派寻他径，
彪炳文坛垂汗青。
江湖尚有风波恶，
世上再无侠客行。

咏张丹枫

江南漠北逞风流，
白马书生啸九州。
帝业功名皆粪土，
亦狂亦侠傲王侯。

咏唐伯虎

寄意丹青卧晚秋，
桃花庵里一壶酒。
请君莫话封侯事，
富贵闲人最自由。

咏乔峰（其一）

犯险解难若等闲，
聚贤少室雁门关。
千军万马视无物，
天下英雄谁比肩？

咏乔峰（其二）

人生何处不相逢？
意气相投结弟兄。
万丈豪情少室上，
英雄谁比北乔峰？

同学会戏作

真情别聚中，

把酒满堂红。

学子是夫子，

先生是后生。

闲情逸致

春日园圃品茶有感

园圃近阳花竞芳，
试飞乳燕报春忙。
品茗稍显清欢少，
借得东风一院香。

初八雨后天晴闻鞭炮声有感[1]

天河洗后泛青光，
万里江山迎旭阳。
鞭炮声声山震响，
共呈祥瑞向八方。

① 本地风俗，正月初八吃上八饭，放鞭炮，寓意开工吉祥。

癸卯初三晚行灵湖

一道旭阳江浸红，
九天云卷现真容。
草间乳燕试轻羽，
亭上黄鹂列九宫。
百里湖边极天外，
八方木秀晓风中。
初三又是好光景，
添得闲人兴味浓。

清明偶游陌上有感

满目山河锦绣绿，
长空万里白云轻。
如今闲趁清明假，
结伴东风陌上行。

晚春晨行校园有感

绿透枝头新旧连，
波光鹭影水云间。
满园香气洗心肺，
独享人间四月天。

括苍东岙行有感

和风缕缕野花香，
涧谷幽幽流水长。
一路欢歌一路笑，
依依伴我出山乡。

陌上问答

同道中人痴不痴?
春光烂漫日迟迟。
问君往后余生事?
陌上徐行云上诗。

台风过境频现异象小记

风掀高树枝叶飘，
一道彩虹挂九霄。
云逐光飞影明灭，
半山亮亮半山寥。

循唐诗之路晨行

众口皆称诗路美，
晨间早起问前津。
千山枫叶镶金玉，
万里佛声洒福音。
流水静深识小径，
鸣蝉自在引飞禽。
此中妙处谁堪较？
住与国清作比邻。

培训间隙晨行山路有感

住近国清临碧水，
晨间早起独徜徉。
山高树密乾坤小，
蝉噪林幽日月长。
黄叶悠悠肩上落，
清歌隐隐坳间扬。
时光弹指一挥过，
暂把他乡作故乡。

居家无聊偶作

自我隔离在己家，
白云天外有蒹葭。
自斟自饮三杯酒，
自乐自娱煮白茶。

早春灵湖晨行

爆竹余音数里遥，
旭光洒处玉珠消。
草间鸟雀理金羽，
枝上新芽绽树梢。
杨柳丝绦明镜画，
天光云影水中摇。
徜徉如画江山里，
闲见白鸥上碧霄。

游白箬村

数里鸣琴传耳旁，
飞珠溅玉绕村庄。
三山环卫红尘远，
一水静流日月长。
廊庙飞檐迎岩树，
梨花轻絮堕斜阳。
白云出岫窥凡境，
错把人间当帝乡。

近晚游灵湖郁金香园

满园姹紫游人来，
落日迟迟欲忘归。
素白光华堪闭月，
橙红魂魄直羞梅。
浅黄暖暖惹飞蝶，
赭赤深深沾夕晖。
却待万花把金盏，
同邀天地共三杯。

人间深情

虎年祝福

啸傲山林踞一方，
悠行阔步渺苍茫。
斑斓锦绣好颜色，
不与他人争短长。

兔年嵌名祝福诗[①]

千山锦绣祥云至，
万里碧霄紫气生。
红运方来晖煜远，
鲤鱼一跃化成龙。

① 嵌入作者洪方煜及家人程锦绣、洪碧霄的名字。

除夕作

寅去卯来祥瑞增，
大寒过后又春风。
一年不顺除夕尽，
明日江山尽霁虹。

自编祝福短信有感

他人裁剪我新创，
尺幅短笺搜断肠。
皎洁君心若明月，
今朝幸福多长江。

兔年迎新有感

卯兔呈祥紫气来，
三年守得国门开。
东风浩浩荡霾雾，
万里神州春色回。